THE PARADOX SYNDROME
KEN HODGSON